AF319936

LES VIGNERONS

ROUGES.

Paris. — Imprimerie de L. MARTINET, rue Miguon, 2,

LES

VIGNERONS

ROUGES

PAR

FÉLIX JARRASSÉ,

Vigneron de Champigny-le-Sec (Vienne).

> *Deposuit potentes de sede, et exaltavit humiles.*
> Il a renversé les grands de leur trône, et a relevé les petits.
> Saint Luc, *Cantique à la Vierge.*

PARIS

AU COMPTOIR DES GENS DE LETTRES,

RUE PERCÉE SAINT-ANDRÉ-DES-ARTS, 11.

1851

LES

VIGNERONS ROUGES.

Il y a dans certaine partie de l'ancienne province du Poitou, autrement dit le département de la Vienne, une toute petite commune bien obscure, bien ignorée, bien inconnue, et qui s'appelle Champigny-le-Sec.

A ce nom, chacun va s'imaginer peut-être que le triste pays qui le porte, est aussi aride, aussi brûlant que le sable du désert; aussi ingrat, aussi stérile et aussi nu que le rocher dont il est question dans l'Évangile.

Qu'on se détrompe; ce serait là une grave erreur.

La preuve, c'est que Champigny, tout qualifié de sec qu'il est, n'en a pas moins le rare avantage, l'inappréciable privilége, au grand dépit de vingt localités voisines (y compris le siége métropolitain de Mirebeau, son chef-lieu de canton et d'académie) qui, plus importantes ou plus prétentieuses, n'ont, elles, que l'eau du ciel pour se désaltérer et se rafraîchir, Champigny-le-Sec a le bonheur et s'enorgueillit de posséder un fleuve!!!

Ce fleuve imposant, ce Nil indigène, ce Danube immense, ce Tage au cours enchanté, aux rives fleuries, c'est l'incroyable, c'est l'original ruisseau de Baigne-Chat !

Frêle et douce créature, tendre et pieux enfant que le sein de la même patrie voit naître et mourir, et qui, à peine échappé du berceau, va s'ensevelir dans la tombe; car, à quelques pas seulement de sa source anodine, il rencontre le lit mystérieux d'une autre source, timide, modeste, inconstante comme la sienne : c'est la fontaine de la Liaigues, seconde providence de la contrée.

Amant discret, il s'approche sans bruit de ce lit paisible, s'y glisse avec un faible murmure, s'y mêle, s'y confond sans partage, et, victime prématurée de l'hymen, s'efface et disparaît pour toujours, jaloux de ne prodiguer ses charmes et ses bienfaits qu'à sa bourgade maternelle et chérie.

Ainsi donc, cela est admis, cela ressort suffisamment de l'état réel, de la position exacte des choses : plus d'incertitudes fâcheuses, plus de préventions défavorables pour le lecteur : Champigny n'est pas le moins du monde ce vilain spectre décharné, ce squelette calciné entre tous les squelettes calcaires ; il n'a rien de cet aspect sombre, misérable, monotone, que semble lui assigner son nom. Ses champs bénis du ciel ont aussi leur grâce, leur coquetterie, leur sourire ; le coteau avec son air vif, sa perspective, sa végétation féconde ; la vallée avec sa brume matinale, son écho sonore, sa rosée et sa fraîcheur.

Du reste, si l'on consulte la tradition ; si, loin de s'arrêter à la lettre morte, au

sens absolu du mot, on interroge sa signi-
fication historique ; si l'on apprécie saine-
ment sa valeur figurée, on se convaincra
bientôt par cet examen facile et sérieux,
qu'à l'origine, l'épithète de *Sec* fut toujours
moins attribuée aux parages dépourvus
de ressources et d'agréments extérieurs,
qu'à ceux qui, de temps immémorial, ont
acquis une mention à part pour la supé-
riorité reconnue de quelque production
propre.

Cette épithète, loin d'être, en effet, un
reproche à la pauvreté du sol, à la laideur
du coup d'œil, à la difformité du site auquel elle est appliquée, n'eut souvent, au
contraire, d'autre caractère et d'autre but,
d'autre destination et d'autre portée, que
d'en être la marque distinctive et la livrée
d'honneur, le brevet d'illustration, le titre
de noblesse !

Ce titre, Champigny-le-Sec, à tous
égards, en était digne, il en est fier ; il le
doit à un don précieux de la nature, per-
fectionné par la main du génie, à la ri-

chesse d'une bienheureuse moisson, à l'excellence d'un trésor véritablement divin, à l'exquise qualité de ses vignobles !

Champigny-le-Sec ! C'est le Médoc du Poitou ! C'est la terre classique du nectar, la coupe intarissable de la gaieté, de la félicité, de l'ivresse. Aussi, comme les Espagnols parlant de Séville, je peux, sans craindre le haro, je peux m'écrier dans mon enthousiasme : Qui a bu du Château-Margaux n'a rien bu, s'il n'a bu du Château-Fromage !!!

Mais, hâtons-nous de le proclamer pour éviter toute erreur, toute confusion, toute méprise, la juste et brillante renommée dont il jouit, la palme immortelle qui lui est dévolue, appartient uniquement, exclusivement à une spécialité, celle de ses vins rouges.

Rival heureux du fils de la Gironde, auquel il le dispute par sa sève nerveuse et sa vigueur, le cep fertile qui produit ces vins est l'*incorruptible* jacobin rouge.

Le terrain où bourgeonne, s'élève et

mûrit ce fruit délicieux; où il puise son éclat, sa légèreté, son parfum; ce terrain, ne l'oublions pas, calcaire, inconsistant, caillouteux, est également rouge.

Cinq communes limitrophes, formant une zone et comme un rempart au centre du Poitou viticole, ont reçu de la chronique et des légendes, une désignation patronimique, un sobriquet originel. On dit : Les patauds de Frozès, les rustres de Vouillé, les guêtrés de Villiers, les sorciers de Maillé; mais de Champigny que dit-on? De Champigny-le-Sec, on dit les Rouges!

Et de fait, robustes nourrissons de Bacchus, formés de bonne heure à sucer en guise de mamelle la grappe veloutée du raisin, les habitants du lieu portent sur les joues et jusque sur le front la nuance rubicolore de l'enchanteresse liqueur. Entre tous les hommes du Poitou, les habitants de Champigny se font si bien remarquer par leur teint enluminé, par leurs superbes trognes, par leurs magnifiques faces rouges, qu'à plus de dix lieues à la ronde, on ne dit pas rouge comme du feu, rouge comme un coq, mais rouge comme un jacobin, rouge comme un vigneron de Champigny-le-Sec!

Du Rouge fougueux et raffiné, le riche opulent égaie ses loisirs, compose ses régals et ses desserts ; et le pauvre diable sans feu ni lieu, nargue la misère, la détresse et le chagrin en arrosant son morceau de pain noir et sa gousse d'ail avec un verre de petit Rouge!

A l'enfant, sorti du maillot, c'est un *landon* rouge ; au marmot plus avancé, c'est une ceinture, c'est un bonnet brodé, tissé, couvert, cousu de rubans rouges. Si un hochet pend à ses côtés, il est retenu par un cordon rouge ; et quand le parrain généreux fait un cadeau le jour de l'an, le fin couteau de Namur ou de Chatellerault, donné en étrennes à son filleul, aura, n'en doutez pas, le manche en corne, en os ou en bois rouge.

Pour la jeune fille, le costume, la parure de prédilection, y est par une secrète sympathie, par un instinct inné d'harmonie et d'imitation, le mouchoir, le jupon, le tablier rouge... Je gage bien qu'en entr'ouvrant le pudique et rigide corset, qu'en écartant à la dérobée les plis offusquants du fichu-mouchoir, on surprendrait plus d'un frais et volupteux bouton, plus d'un joli, plus d'un charmant, plus d'un séduisant bouquet du plus adorable rouge.

Suivons à l'autel le couple conjugal. Symbole éloquent de la flamme éternelle qui doit embraser les chastes époux, s'enlace au cou d'albâtre de la fiancée la graine écarlate et vermeille, ardente et luisante du corail ; à son doigt brun, près de l'alliance consacrée, scintille le chaton transparent d'un rubis... l'éclair qui jaillit de ce diamant limpide comme le cristal est une étincelle rouge... et toute orgueilleuse d'étaler aux yeux une relique de l'antiquité qu'elle tient de ses ancêtres, la vieille femme se redresse et rajeunit quand le jour de fête elle est parée de son élégante et bizarre écharpe rouge.

La cité splendide fixe l'intérêt et captive les regards par le grandiose de ses monuments et le luxe de ses créations profanes. Pays champêtre, éminemment patriarcal et chrétien, c'est par des emblèmes religieux que Champigny parle à l'âme, séduit l'imagination, élève la pensée. Au cœur de sa place principale, l'étranger qui visite cette bourgade, aperçoit un puits dont la construction séculaire rappelle le vieux puits de Jacob. Comme jadis de celui d'Israël, une lourde pierre en ferme l'entrée ; et à l'heure du crépuscule, on voit alentour errer des ombres, on entend le bêlement des troupeaux se mêler au son argentin des clochettes : c'est la bergère qui vient y abreuver ses moutons ; c'est la prévoyante mère de famille qui vient y remplir sa cruche ; c'est l'enfant et le vieillard, qui, pieusement agenouillés, font monter vers le ciel, l'un, les regrets d'un passé qui ne reviendra plus, l'autre les espérances d'une vie pleine d'avenir et comme on en conçoit avec les illusions de cet âge. Au lieu d'être ombragé par le palmier de la Ju-dée, le puits de Champigny est sur-monté d'une humble croix ; et c'est à ce signe rédempteur, c'est au souvenir trois fois saint qu'il évoque, que la place doit son nom. Elle s'appelle : place de la Croix-Rouge.

Là se concentre la petite industrie du bourg. C'en est, pour ainsi dire, le quartier marchand, la cité ouvrière. Mais l'échoppe comme l'hôtel, l'atelier comme l'usine, se sont partagé la même inspiration, sont empreints de la même pensée. Partout, les inscriptions, les devises, les enseignes, conservent précieusement le sens allégo-rique. De quelque côté que vous leviez les yeux, partout vous êtes offusqué, par-tout vous êtes frappé par le fatal mot *rouge*. Ici, c'est *à la Sandale rouge ;* là, c'est *au Sabot rouge ;* plus loin est une auberge, et cette auberge est dite l'*Auberge du Che-val rouge.*

Il n'est pas jusqu'au sombre Vulcain,

noirci de rouille, de cendre et de fumée, et dont l'œil blanc roule comme un globe d'émail dans un cercle d'ébène, qui ne joue aussi, lui, à la sempiternelle allégorie, et ne soit représenté arrachant d'un bras vigoureux le fer brûlant de la fournaise, déclamant, sous forme de conseil, ces deux vers destinés sans doute à rassurer l'apprenti novice ou le spectateur craintif, et que tout passant peut lire au-dessous de son enseigne :

Des coups, du bruit, du feu, ne crains rien et ne bouge ;
Amis, il faut forger le fer quand il est rouge.

Voyez d'ici le toit des maisons ; il est abrité de tuiles rouges. Arrêtez-vous sur le seuil ; la façade est bariolée et badigeonnée de raies rouges. Entrez dans l'intérieur ; meubles, ornements, décors, draperies, rideaux, tout y est rouge ; tout, sans excepter *l'indispensable*, partie intégrante de tout ménage convenablement assorti, complément rigoureux de toute toilette bien ordonnée, et à qui l'usage et la bienséance villageoise imposent de figurer strictement à la main, ou sous le bras de toute individualité tant soit peu endimanchée et en cérémonie, sans acception d'âge, de sexe, de pluie ou de soleil ! A ces traits expressifs, qui n'a reconnu le paterne rifflard, l'utile et intéressant parapluie de coton rouge !

Maintenant, sortez dans la rue; le premier objet qui frappera vos regards, sera sans doute l'équipage de quelque bourgeois parvenu, de quelque gros propriétaire, peut-être même d'un aristocrate on ne peut plus *blanc* au fond ; et, par une inouie fatalité, le maudit équipage est encore pomponné de festons rouges!

Une seule demeure nobiliaire élève ses donjons et ses tours à travers le vaste fief ; et l'inconséquent suzerain de ce féodal manoir, au lieu d'avoir choisi la blancheur virginale de la chaux, l'a maladroitement recrépi de ciment rouge !

A la belle saison, tout ce que la vigne

n'embrasse pas de son réseau, se couvre, comme un vaste tapis pourpré, d'une immense forêt de fleurs rouges.

Dans le troupeau, le plus gras mouton, soyez-en sûr, l'agneau préféré, la chèvre favorite, seront désignés par un signe qui n'est pas trompeur, et ce signe est encore un collier rouge.

De sorte qu'on le voit, ce qui domine, ce qui pullule, ce qui foisonne dans ce diable de Champigny-le-Sec, la passion, la rage, la fureur, c'est la forme, c'est l'essence, c'est la couleur rouge.

Or, on sait qu'entre mille inconvénients et dangers, cette éblouissante couleur a la terrible propriété d'effrayer à mourir les pieds fourchus, et de faire entrer en convulsion les bêtes à cornes; on sait, pour le genre humain, combien elle est nuisible aux vues faibles et maladives qui ne supportent que le *blanc* ou le *vert*. A Champigny, quoiqu'on en compte peu de cas, cette infirmité néanmoins existe; et, le croira-t-on, ce sont précisément, là comme ailleurs, des miopes, des louches, des borgnes de la pire espèce, qui voulurent un jour transformer la commune en royaume d'aveugles, afin d'en être plus aisément les rois.

Ajoutons, pour achever le tableau, que le bruit courut, il n'y a pas de cela fort longtemps, que jusques aux *coqs* les plus haut huppés de ce bourg infernal : maire, adjoint, conseil municipal, curé, sacristain, garde champêtre, voire l'instituteur, tous étaient ni plus ni moins une bande d'anarchistes, d'insurgés furieux, de démagogues indomptés, d'enragés républicains rouges.

Un bruit de cette nature, joint à la description physiologique et topographique qui vient d'être tracée, ne pouvait manquer d'inspirer des alarmes, des craintes, des inquiétudes sérieuses à un gouvernement régulier et moral. L'autorité centrale s'en émut, et suivant la maxime : aux grands maux les grands remèdes, elle s'empressa d'expédier, pour parer au danger du moment, un préfet de circonstance.

Le sauveur improvisé de la Vienne, le Messie incarné chargé d'arracher à l'impénitence, à la damnation, à la ruine et à la mort la société poitevine menacée, ce fut sa ci-devant excellence, le ci-devant baron Jeanin.

Ce choix assurément ne pouvait être plus judicieux ; et celui qui en était l'objet ne pouvait réunir des droits mieux établis à la dévotion des saints conservateurs, à toute la confiance honnête et modérée.

Génie transcendant et précoce, M. Jeanin, encore à la fleur de l'âge, avait blanchi sous le harnais. C'était un fonctionnaire consommé, un administrateur émérite. Sublime auditeur, il avait foulé les coussins moelleux du conseil d'état; et depuis douze ans qu'il dirigeait le gouvernail des préfectures et des sous-préfectures, il en avait occupé jusqu'à sept, toujours dans les cas épineux, toujours dans les occasions difficiles et tout à fait analogues à celle périlleuse et critique, qui nécessitait sa présence actuelle dans l'arrondissement de Poitiers.

Voilà donc notre grand ouvrier à la tâche, notre habile administrateur à l'œuvre. Nouveau venu, son premier acte, naturellement, est de se faire connaître à ses administrés.

Poitiers est une ville d'étude, Poitiers est une ville de foi. Vouée au culte des lettres, des sciences, des arts, de tout temps cette pacifique et studieuse cité se recommanda par son esprit et ses mœurs, ses sentiments et ses principes, son amour invariable de l'ordre, son respect à toute épreuve pour les dépositaires du pouvoir.

Aussi, malgré l'impression regrettable qui précéda dans ses murs l'arrivée du maître que la malveillance annonçait comme l'Attila de la réaction, fondant en impitoyable destructeur pour terrifier par l'intimidation et l'arbitraire ; sa population avant tout magnanime, chevaleresque, hospitalière, ne s'en fit pas moins un devoir de lui préparer le plus galant accueil.

Peuple, édilité, magistrature, garde nationale et armée, tout voulut concourir à cette solennelle réception.

Au milieu de l'attente et de l'impatience générale, un mot enfin circule et vole de bouche en bouche : Voilà le préfet !..

Effectivement, à travers les flots de curieux on entrevoit le côté blanc de l'écharpe, les broderies de l'habit chamarré et la pointe du chapeau à cornes...

A la vue de ces insignes, en un clin d'œil, la foule se range, se découvre ; les bras se lèvent, s'agitent ; les armes résonnent, la musique joue...

Seul, immobile, roide, blême, semblable au fétiche inanimé du psaume de David, le claque enfoncé sur les yeux, et les mains fourrées dans ses poches, le préfet, qui a pourtant de beaux yeux, une belle bouche, de belles oreilles, ne voit rien, n'entend rien, ne dit rien...

On arrive en face du drapeau de la France, de la patrie, de ce drapeau glorieux consacré par tant d'émotions et de souvenirs ; l'enthousiasme augmente, les vivats redoublent ; on s'anime, on s'excite, on se presse alentour... Seul, le préfet, froid comme un marbre, impassible comme une image, toujours le claque enfoncé sur les yeux, les mains fourrées dans ses poches, salue la bannière française en lui tournant le dos, le cortége en lui brûlant la politesse, et reprenant au double pas accéléré le chemin de sa préfecture.

Dans ce mouvement précipité de retraite, ce ne fut qu'à grande peine, à grande course, à grands renforts d'enjambées, qu'on put lui rendre les honneurs du retour.

L'attrait des pénates est tout-puissant; de mémoire d'homme, on n'avait encore vu à Poitiers un préfet aller aussi cavalièrement et aussi vite.

Il est vrai que par ces temps malheureux, la famille, la religion et la propriété sont en butte à tant d'attaques, à tant de machinations, à tant de menées, que, modernes Brutus, nos plus sensés conservateurs, laissassent-ils une Lucrèce gardienne de leur foyer, ne s'en éloignent malgré tout qu'avec peur et avec crainte.

Si la vertu casanière n'est pas une des vertus de M. Jeanin, il faut croire alors que les soucis de son administration lui causent parfois d'étranges préoccupations, de singuliers vertiges.

Évidemment les chants nationaux n'étaient pas de son goût; les acclamations, les airs patriotiques, les vivats républicains l'avaient indisposé. Par courtoisie, l'escorte qui le conduisait respectueusement, quoique de très loin, crut devoir aussitôt changer de musique et de sujet. Elle se mit à entonner du plain-chant, des antiennes, des litanies; et ce convoi de nouvelle espèce put ainsi traverser la ville entière, à l'ébahissement d'une foule innombrable attirée sur son passage par la psalmodie lugubre de l'office des morts. Le public ne voyant dans ce cortége burlesque et jovial rien de ce qui d'ordinaire dénote une cérémonie de deuil, cherchait en vain à pénétrer le secret de cette étrange parodie.

Après une expédition aussi satisfaisante, M. Jeanin, rendant compte en style césarien de son début et de son *muet* triomphe au ministre, n'aura pas manqué d'écrire : « Je suis venu, j'ai vu, j'ai vaincu ; mon » attitude et mon énergie en ont imposé » à tous ; le socialisme est terrassé, la » capitale du Poitou est sauvée. »

Deux jours après ce trait héroïque, sans désemparer et sans s'interrompre à la besogne, l'archange libérateur, nouveau saint Michel du parti de l'ordre, écrasait de son pied administratif la tête du reptile le plus venimeux, le plus pernicieux que recelèrent jamais les vignes du Poitou. Il rendait un arrêté suspensif contre l'imperceptible maire de l'imperceptible commune de Champigny-le-Sec !!!

A la suite de ces deux coups de maître frappés avec un ensemble et une ardeur à perdre haleine, il recevait la croix de la légion d'honneur.

C'était bien la moindre des choses.

Peuple ! hésite donc à t'incliner quand tu vois briller un ruban à certaines boutonnières !

Mais revenons au théâtre du grand drame administratif, à la scène de la piquante comédie électorale qui se prépare, au foyer brûlant de l'horrible incendie, que notre préfet extraordinaire a mission d'étouffer.

En attendant que la municipalité factieuse, en guêtres et en blouse, de Champigny-le-Sec, soit décidément réorganisée, la commune se trouve pour le quart d'heure sans direction et sans chef ; car le maire proscrit, voulant compléter la mesure qui le frappe, et donner au préfet, son supérieur, la plénitude de satisfaction que la loi lui refuse, vient de remettre et de faire accepter sa démission.

C'est probablement l'adjoint qui le remplace. Pas du tout. L'adjoint a renvoyé courrier par courrier la délégation qui lui était adressée, et a déposé lui-même sa démission.

Le préfet alors consulte le tableau municipal, et, dans l'ordre, il choisit un petit bonhomme nommé le père Guillot, non pas Guillot le berger, entendez-vous, mais Guillot le conseiller municipal, Guillot le vigneron rouge.

Le brave Guillot qui ne sait ni A ni B, mais qui n'en est pas moins un bon citoyen et un bon patriote, Guillot se trouve tout ébahi, quand il reçoit la commission du préfet. Le brave homme prend cet envoi pour une mauvaise plaisanterie ; il rajuste le mieux qu'il peut les bandes brisées du paquet officiel en les scellant de la meilleure pâte du meilleur levain de sa huche, et le retourne aussitôt à Poitiers, en l'accompagnant de sa démission. Le préfet, sans se décourager, continue sa manœuvre ; mais hélas ! il tombe successivement de maire en maire, d'adjoint en adjoint ; tous se récusent, et tous déclinent jusqu'à la cinquième représentation l'honneur qu'on voulait leur faire : c'était un véritable tableau de Bas-Empire.

Enfin, l'exemple du petit père Guillot et de ses dignes collègues est suivi par le conseil municipal tout entier. Cette démission, immédiatement adressée à M. le préfet, est flanquée d'une adresse collective, passablement dictée pour des campagnards peu lettrés, mais excellents penseurs. Voici en substance les principaux fragments de cette pièce :

Le Conseil municipal de la commune de Champigny-le-Sec, au Préfet de la Vienne.

« Monsieur le Préfet,

» A votre débotté de la préfecture des » Basses-Alpes à celle de Poitiers, vous » suspendez de ses fonctions l'honorable » maire de la commune de Champigny.

» Cette mesure aussi brusque que dé-» placée, est moins une atteinte portée au » caractère irréprochable de ce magistrat, » qu'une attaque à l'adresse du conseil mu-» nicipal qui l'a choisi et maintenu en dé-» pit de ses détracteurs, qu'une injure à

» la population. entière de la commune.

» En choisissant et maintenant cet officier
» municipal, nous avons voulu lui offrir
» une faible mais juste réparation des
» persécutions et des calomnies dont il a
» été, et dont il est encore victime.

» Nous tenons nos pouvoirs, monsieur
» le préfet, de la considération et de la
» confiance de nos concitoyens. Nous
» ignorons à quel titre vous devez les vô-
» tres, mais si c'est au prix d'actes tels
» que ceux par lesquels débute si malheu-
» reusement chez nous votre règne pré-
» fectoral, il est permis, tout en respectant
» votre autorité, d'être peu édifié sur son
» mérite, et d'en espérer la courte durée.

» Mandataires du pays, après notre
» conscience nous ne relevons que de lui
» seul. Dans une question de moralité,
» nous ne pouvons et nous ne devons ac-
» cepter d'autre juge. Voilà pourquoi nous
» n'hésitons pas à lui faire appel. Entre
» vous et nous qu'il prononce ! »

Pétrifié à la lecture de cette adresse, le

préfet de la Vienne resta coi..., mais se ravisant aussitôt :

— Pardieu! dit-il, voilà des paysans bien décidés! ils ne me mâchent pas les mots. Mais ces imbéciles sont-ils fous! ou bien ce maire, dont ils sont si engoués, auquel ils tiennent tant, dont ils me font un éloge si pompeux, n'est donc pas aussi rouge ni aussi noir qu'on me l'a dépeint!.. J'aurai été abusé, trompé sur cet homme que je ne connais pas plus, du reste, que le grand Turc... Dame, tant pis!... le Rubicon est passé... il faut aller jusqu'au bout. Cependant ne nous fourvoyons pas, ajouta-t-il en continuant son monologue; ma responsabilité serait en jeu ; une commune aussi considérable que Champigny ne peut pas rester sans direction municipale. Comment vais-je, en parfaite connaissance des intérêts de ce pays qui m'est aussi connu que la Cochinchine, en remonter l'administration?

M. Jeanin baissa la tête et se prit à réfléchir comme une âme en peine. Il était plongé depuis quelques instants dans la plus profonde méditation, lorsqu'il lui vint un souvenir. Il se rappela que, parmi ses habitués d'antichambre, il recevait assez fréquemment un grand monsieur, d'un abord assez imposant, et qui passait pour le seigneur de son endroit. Ce monsieur pouvait seul lui fournir les renseignements dont il avait besoin; mais par malheur son nom et son adresse lui étaient sortis de la mémoire. Comment le dépister? Il se creusait en vain la cervelle pour rattraper ce nom et cette adresse, lorsque l'huissier d'audience vint s'informer si son excellence était visible.

— Pour qui? demanda le préfet.

— Pour M. le marquis Florent Beaurenard, propriétaire.

— Beaurenard! Beaurenard! répéta M. Jeanin tout joyeux; c'est justement ce que je cherchais depuis une heure. Ah! je tiens mon homme; me voilà tiré d'embarras!... Huissier, laissez entrer!

Puis, allant au devant du visiteur qui

venait de faire un faux pas sur la marche du seuil qu'il n'avait pas aperçue :

— Monsieur Beaurenard, dit-il en lui tendant la main, vous venez ici fort à propos. C'est bien, si je ne me trompe, à un habitant de la commune de Champigny-le-Sec, canton de Mirebeau, que j'ai l'honneur de parler?

— Habitant si l'on veut. Après tout, ça ne fait rien, répondit le marquis, car si je n'ai point mon domicile dans la commune de Champigny, si j'habite son territoire sans y être électeur, je n'en suis pas moins le plus fort imposé et le premier marguillier de la paroisse.

— Propriétaire et marguillier! c'est plus qu'il ne m'en faut, repartit vivement le préfet. Monsieur, ajouta-t-il en présentant un siége à M. Beaurenard, j'étais fort impatient de causer avec vous sur...

— La révolution de Champigny-le-Sec? s'écria brusquement le marquis.

— Précisément, fit le préfet; c'est la grande nouvelle du département, le sujet à la mode de toutes les conversations du jour. Il paraît même qu'elle défraie déjà les journaux, car plusieurs s'en sont emparés et l'exploitent.

— Tant pis, tant pis, c'est un grand malheur, soupira tristement M. Beaurenard... J'ai toujours dit que la presse était un fléau pire que la peste. Si la publicité s'en mêle, sur quels scandales n'allons-nous pas avoir à gémir... Ma pauvre paroisse est perdue ! ajouta le marquis en joignant dévotement les mains ; ma pauvre paroisse est perdue !

— Mais savez-vous, reprit le préfet, que messieurs vos compatriotes, vos co-paroissiens, comme vous voudrez, sont de fiers gaillards ; ils m'ont écrit une lettre à cheval, un factum horrible. Oh ! mais il faut voir ; ils me traitent comme leur inférieur et me menacent de l'opinion publique, du suffrage universel !... Ils jettent feu et flamme, demandent à cor et à cris la réintégration de leur élu, et veulent à tout prix conserver leur maire.

— Quel malheur! soupira de nouveau le marquis, le diable lui-même serait moins dangereux. Un communiste! un socialiste! un anarchiste! un incendiaire qui, par ses prédications, a perverti toute une paroisse!

— Comment! toute une paroisse! Est-ce que par hasard le mal ne s'arrête pas, ne se borne pas à la commune de Champigny?

— Hélas! non, monsieur le préfet, cent mille fois non... A ma connaissance, la contagion en infecte deux, trois, quatre; et à l'heure qu'il est, qui sait combien?... elle déborde, elle gagne de proche en proche, et si l'on n'y met ordre, nous sommes perdus....

— Et vous croyez sincèrement que c'est le maire de Champigny qui, à lui seul, occasionne tout ce désordre?

— Lui seul, monsieur le préfet, lui seul, j'en suis certain. Quand je vous dis que c'est un socialiste, un communiste, un athée, un ennemi juré de la propriété, de la religion et de la famille; que faut-il ajouter de plus?

— Ajoutez que c'est un gueux, un bandit, un monstre. Je l'ai suspendu, il est vrai, mais il est capable de se remettre sur ses pieds et de braver mes coups... Je vais décidément le faire révoquer... Et dire que tout un pays, tout un conseil municipal est assez aveugle pour marcher dans cette voie! En vérité, c'est par trop fort.

— C'est pourtant bien la pure, l'incontestable vérité, répliqua le marquis. Et si je vous disais, monsieur le préfet, que ce même homme jouit d'une effrayante popularité, que nos paysans ne jurent que par lui, qu'il est leur idole!

—Eh bien, cette idole, il faut la briser! Hâtons-nous d'installer un autre maire. Quant à ce conseil municipal, il faut l'anéantir et le remplacer par un autre. Puisque Champigny se permet de faire sa révolution, il aura son gouvernement provisoire... Mais, j'y pense, si la gangrène socialiste y est aussi invétérée que vous le dites, trouverai-je encore dans cette Sodome, un seul juste propre à l'administrer?

— Un seul et unique, c'est là le mot, répliqua M. Beaurenard ; il existe, mais n'en cherchez point d'autre. Et de peur de méprise et d'oubli, je m'empresse, monsieur le préfet, de le proposer à votre choix ; c'est la perle du pays, la crème des gens honnêtes, la fine fleur du grand parti de l'ordre.

— Et comment s'appelle cette brebis restée pure au milieu du troupeau galeux ?...

— Pierre Nez-Lon.

— Que fait-il ?

— C'est mon chirurgien de campagne.

— Eh bien, je nomme le sieur Pierre Nez-Lon, chirurgien à Champigny, maire provisoire de la commune. Maintenant, à un adjoint.

—Pour celui-là, dit M. Beaurenard en hésitant et en hochant un peu la tête, je ne le garantis pas pur comme un lis en fleur, ni blanc comme une boule de neige... c'est un teinturier orléaniste ; on le dit furieusement bleu.

— Bast! fit le préfet d'un ton d'impatience, ne disputons point ici des goûts et des couleurs ; le moment n'est pas opportun... Respectons tous les préjugés... ménageons adroitement tous les intérêts. Il est évident que si la couleur blanche prévalait partout, l'industrie des teinturiers serait perdue. La seule planche de salut qui reste aux conservateurs, c'est la fusion, sachez-le bien. Légitimistes, orléanistes, bonapartistes, réunissons-nous tous sur ce terrain ; acceptons franchement ce qui existe, fortifions-le, donnons-lui de la stabilité, et le grand parti de l'ordre n'aura plus de péril sérieux à redouter. En politique, à quoi servent les scrupules, à quoi servent les affections?... A entraver les rouages du gouvernement. Quant à moi, j'ai servi tous les pouvoirs, j'ai embrassé la religion de tous les ministères : monarchie, république, m'ont trouvé à mon poste, et ont eu le bon esprit de m'y laisser. Vienne la régence ou l'empire, je serai toujours le même, prêt à les servir, prêt

à continuer mon chemin et ma fortune...
Sur ce, je nomme le jeune teinturier de
Champigny adjoint provisoire.

— Va pour le teinturier, murmura avec
résignation M. Beaurenard ; au fait les
chemins de fer se sont bien établis en dépit
des maîtres de poste, une bonne restauration blanche pourra bien arriver en dépit
des teinturiers.

— Pour compléter notre triumvirat provisoire, reprit le préfet, il me reste à dé-
signer un secrétaire ; comme c'est absolument une cinquième roue à un carrosse, je
prends au hasard le premier nom qui me
saute aux yeux... Mais avant de passer
outre, avant de clore cet arrêté, j'ai une
question essentielle à vous faire, monsieur
Beaurenard ; avez-vous bien pris l'assen-
timent préalable de ceux que nous allons
déléguer; ne nous répondront-ils point, eux
aussi, par un refus formel? car, dans cette
maudite contrée, les républicains s'enten-
dent comme larrons en foire.

— Mais, si je ne me trompe, j'ai bien

eu soin de vous expliquer, répliqua le marquis, qu'ils ne sont pas le moins du monde républicains...; ils accepteront tout de vous ou de moi, et cela avec empressement, avec plaisir...; ce que je crains seulement, c'est que la joie qu'ils vont ressentir de cet insigne honneur ne leur fasse tourner la tête.

— En ce cas, annonçons-leur cette bonne nouvelle avec précaution, avec ménagement; puis-je mieux faire, monsieur Beaurenard, que de confier cette délicate mission à votre expérience de gentilhomme? Je vais faire immédiatement préparer le dossier et vous l'emporterez. Ce dossier comprendra mon arrêté concernant la nomination de la mairie provisoire de Champigny et celui fixant la convocation, dans le plus bref délai, du collége électoral de cette commune. Il ne serait point mal, ajouta le préfet, comme prélude à des relations que je prévois devoir être fréquentes, et pour me mettre un peu au courant du véritable état des choses, que M. le maire provisoire m'adressât, aussitôt son installation, un rapport circonstancié sur sa commune ; cela m'éclairerait un peu sur les mesures ultérieures que nous aurons ensemble à adopter.

—Monsieur, fit le marquis en se signant, pour des hommes comme nous, les moindres vœux de l'autorité sont des ordres. Puis il sortit.

— Ah ! ah ! A la bonne heure, soupira le préfet avec l'accent d'un cœur soulagé, voilà du moins de la subordination, de la docilité, de la déférence ! Tous les Poitevins ne sont pas, Dieu merci, aussi revêches, aussi intraitables que ces grossiers vignerons de Champigny.

Quelques heures après cette conversation, c'est-à-dire vers la chute du jour, une calèche attelée de deux chevaux normands s'arrêtait devant la maison du chirurgien de Champigny qui, suivi de son chien, de sa femme, de ses enfants, s'élançait à la portière, abaissait le marche-pied, et recevait l'accolade seigneuriale.

C'était le marquis Beaurenard, le confident et l'ambassadeur de la préfecture.

—Eh bien? demanda le chirurgien à voix basse, quand on fut entré chez lui et qu'il crut n'avoir plus d'indiscrétion à craindre.

— Eh bien, mon cher, nous sommes les maîtres et nous le serons toujours, répondit triomphalement le marquis en tirant les dépêches de sa poche et les présentant à son protégé... Les pierres n'ont jamais cassé les cailloux... Vous êtes maire de la commune... lisez, lisez, docteur.

Le chirurgien rassuré secoua sa tabatière, déploya méthodiquement son mouchoir, s'essuya le nez, toussa, cracha, prit une forte prise de cette poudre narcotique vulgairement appelée tabac, épousseta son jabot, fit claquer ses doigts en signe de contentement; puis, ajustant ses besicles, il se livra tranquillement à une lecture des plus lentes et des plus attentionnées :

— Saprelote! s'écria-t-il en frappant a terre du pied, ébourriffant tour à tour ses cheveux et se grattant l'oreille... Saprelote! les élections dans trois jours! Mais ce n'est pas possible! c'est beaucoup trop preste... quel chien de travail!... c'est à ne pas y tenir! Et par-dessus le marché un rapport!!! Moi, qui suis tout brouillé avec le style et l'orthographe du jour, rédiger un rapport! sur quoi? Sur l'administration, la médecine?... vraiment je n'y comprends plus rien! Enfin, je ferai de mon mieux; à la garde de la Providence!

— C'est cela, fit le marquis un peu décontenancé de la sortie du maire provisoire; je vous reconnais à ces bons sentiments. A la garde de Dieu, et tout ira bien. Allons, docteur, estimable docteur, je prends congé de vous... Je vous laisse à vos occupations.

Resté seul, le chirurgien, assis sur sa chaise comme un pontife sur son trône, se contemplait avec une pitié mêlée d'orgueil. Tous ses serviteurs, tous les voisins instruits de l'avénement du nouveau César, venaient tour à tour le saluer, non plus seulement du titre pompeux de docteur, mais de celui de maire provisoire. Cette petite ovation domestique, présage d'une ovation générale qu'il savourait dans l'avenir, le faisait rayonner de bonheur.

Le lendemain, les arrêtés préfectoraux étaient affichés, placardés, annoncés à son de trompe dans toute l'étendue du bourg ; mais hélas ! au lieu d'enthousiasme, ils excitèrent l'hilarité. Les paysans de Champigny sont frondeurs. On n'entendait de toutes parts, à cette occasion, que quolibets et moqueries. Pendant ce temps-là, le chirurgien, à son poste comme un soldat avide de lauriers et inébranlable en sa consigne, composait sa prose officielle ; mais par malheur, au lieu d'un rapport politique, il fit un rapport médical. Il fallut tout recommencer, et ce ne fut qu'après deux jours et deux nuits d'efforts et de fatigue, qu'il parvint à mettre au monde le chef-d'œuvre ci après ; chef-d'œuvre qui fut expédié à la préfecture aussitôt sa naissance, et y produisit, à ce qu'il paraît, la plus étrange sensation.

« Monsieur le préfet,

» Conformément à votre désir, qui m'est exprimé par une communication intime, je m'empresse de vous soumettre le résultat de mes investigations sur la constitution physique et morale de la commune de Champigny.

» Je vous dirai, monsieur le préfet, que cette constitution y est universellement des plus robustes, des plus solides, des mieux cimentées. L'espèce humaine, à Champigny-le-Sec, est bâtie à chaux et à sable ; et depuis un quart de siècle que j'exerce mon honorable profession dans cet endroit, hors les cas de mort par accident, je n'ai eu longtemps à constater que des morts de vieillesse, ce qui, comme vous le voyez, allège singulièrement le fardeau chirurgical, et facilite d'une manière admirable l'étude de la science et de la politique.

» Remontant à la cause première de cette santé partout prospère, florissante, inaltérable qui règne à Champigny, et de la longévité qu'elle procure, j'en ai découvert l'élément primitif dans ce qui se passe constamment sous les yeux et s'y manifeste à la clarté du grand jour, à savoir : un air pur, un régime fortifiant, un exercice idem ; beaucoup d'indépendance, de philosophie, et surtout l'habitude héréditaire d'un breuvage tonique et naturel, dont la propriété est de remonter incessamment le mécanisme animal, en favorisant l'action, le mouvement et le jeu de tous les organes.

» A Champigny, chaque fief est un établissement d'hygiène, un laboratoire pharmaceutique ; chaque cellier est une officine où l'on trouve contre la maladie les plus puissants préservatifs.

» Notez bien, monsieur le préfet, que la boisson alimentaire dont je parle n'y est pas seulement un puissant spécifique contre la contagion ou l'épidémie, mais encore la tige végétale qui distille cet élixir est un remède infaillible contre les maux de l'humanité.

» Ainsi, pour n'en citer qu'un exemple,

nous avons vu le sinistre et désastreux choléra-morbus, ce fléau dévastateur qui joncha le monde entier de désolations et de ruines, nous l'avons vu, se jouant de toutes les précautions et de toutes les mesures, déborder en France, et franchir, malgré les bayonnettes dont ils étaient hérissés, tous les cordons sanitaires. Eh bien, monsieur le préfet, le choléra-morbus, le choléra lui-même s'est arrêté court devant les cordons ombragés de pampre des treilles de Champigny-le-Sec!!!... Il en fut ainsi de la cholérine, de la grippe, de la suette, du typhus et de toutes les autres maladies dont les noms, grecs ou latins, sont plus ou moins baroques, et ne pourraient que fatiguer votre attention.

» Cet heureux état de choses n'a cessé d'être, cette constitution n'a commencé à s'affaiblir et à dégénérer, qu'à partir d'une période d'environ trois années. J'en établis la date précise à ce jour de funeste mémoire, à ce jour qui nous rappelle si péniblement une grande catastrophe, au 24 février 1848 !!!

» A cette époque, des symptômes nombreux de variation et de dérangement, m'annoncèrent que l'espèce humaine de Champigny-le-Sec entrait dans une nouvelle phase ; c'est sur cette phase pathologique, monsieur le préfet, que j'ose tout particulièrement appeler votre attention.

» Comme je viens d'avoir l'honneur de vous l'exposer, c'est à la fin de février 1848 que se firent sentir les premiers ébranlements de cette révolution qui troubla si profondément l'économie physique, morale et intellectuelle de cette commune.

Ils ne mouraient pas tous, mais tous étaient frappés ;
On n'en voyait point d'exceptés.

» Les organisations les mieux trempées comme les plus fragiles, les tempéraments extrêmes et ceux qui tiennent un juste-milieu, y passèrent tous.

» Appelé à fournir les lumières du flambeau rayonnant de ma science et les secours intelligents de mon ministère, je fus frappé tout d'abord par la ressemblance évidente de l'affection qui réclamait mes soins, avec celle qui décime chez nous les dindons adolescents ; affection connue vulgairement dans les basses-cours et les poulaillers de nos hameaux sous le nom de fièvre rouge.

» Hommes ou dindons, j'examine, je touche, je sonde ; — même irritation, même exaltation, même chaleur. Je tâte le pouls, je fais tirer la langue, j'effleure la superficie des plumes ou de l'épiderme, — partout éruption, transpiration, rougeur.

» Je questionne les patients ; je les trouve en proie à une sourde agitation volcanique ; leur sommeil est interrompu par les rêves, les utopies d'un cerveau malade.

» Je les questionne sur leur appétit, sur leur soif ; ils sont insatiables, dévorants ; mais, le croirez-vous ? pour les étancher et les assouvir, il ne faut, hélas ! il ne faut leur présenter que du liquide et des fruits rouges !!!

» Dans cette conjoncture, privé d'un

moyen spontané d'opérer une guérison dé-
cisive, complète, radicale, toute mon apti-
tude devait tendre à atténuer, diminuer et
adoucir le mal. J'eus le bon esprit de
borner les exigences de mon amour-propre,
d'arrêter mon ambition à cette benoite ten-
tative; j'adoptai le système expectant, je
me retranchai dans la contemplation et l'ex-
tase, et j'eus la consolation de réussir.

» Cela à tel point, que, sans traite-
ment, sans cure, sans prescription, la
fièvre rouge passant impromptu et comme
par magie de l'état aigu à l'état chronique,
j'ai le plaisir inexprimable de vous annon-
cer, monsieur le préfet, qu'à Champigny,
cette maladie cruelle, n'a encore, Dieu
merci, occasionné le trépas de personne.
Oui, grâce à ma quiétude, nul pestiféré
n'est mort; seulement il est fort à craindre
que l'affection précitée ne s'acclimate, ne
s'infiltre dans les veines, et n'aboutisse
en dernier ressort à un bouleversement
perpétuel, à un désordre normal, c'est-à-
dire indestructible et tout à fait incurable.

» Toutes mes forces et tout mon savoir
se réuniront, croyez-le bien, pour prévenir
et combattre cette terrible éventualité.

» Daignez m'excuser, monsieur le préfet, si les travaux urgents des élections m'o-
bligent à terminer ici cette trop courte re-
vue. J'espère être amplement dédommagé
d'une aussi contrariante obligation, par le
succès qu'elles me réservent. Ce succès justi-
fiant la confiance dont vous m'avez honoré,
me permettra de reprendre bientôt avec
vous le fil de ce précieux document, et d'y
joindre un nouvel intérêt, sous le double
rapport administratif et scientifique. Sans
ambition, je n'ai jamais sollicité les faveurs
du gouvernement ; et cependant, comme
vous le voyez, monsieur le préfet, les services incontestables que j'ai rendus à l'humanité m'ont donné quelques droits à ses
récompenses. Vous, qui êtes un véritable
appréciateur du véritable mérite, laisserez-
vous plus longtemps exister cette lacune ?
Je ne le crois pas. Je compte, à ce sujet,
sur votre justice et votre protection, comme

vous pouvez compter sur mon entier dévouement et mon aveugle obéissance.

» Agréez, Monsieur le préfet, l'assurance du respect de votre très humble serviteur,

» Pierre Nez-Lon,

Chirurgien diplomé, patenté, breveté, sans garantie du gouvernement ; maire provisoire de la commune de Champigny-le-Sec. »

— Hein!... fit le préfet transporté de joie à la lecture de l'incomparable épître de son subordonné... Avec des hommes de cette trempe-là, le socialisme doit avoir grand'peur, et ce cloaque de Champigny sera promptement débarrassé de la fièvre rouge. Quel savant! quel écrivain! quel économiste!... Ah! je comprends la légitimité et l'amertume de ses plaintes! Une pareille intelligence, une pareille célébrité enfouie, délaissée!!! Et pourtant de services inappréciables rendus à la science et à l'humanité, pas la moindre récompense, pas le plus modeste prix, pas la plus chétive médaille! Et cela, quand on voit tant de gens gorgés de largesses et inondés de croix pour avoir passé leur vie dans un fauteuil! Oh! j'en jure, foi de préfet, cette injustice sera réparée... Mais laissons notre habile fonctionnaire diriger ses élections. Avec un ascendant, avec une influence comme la sienne, on fait tout ce qu'on veut... La liste des honnêtes gens, ses collègues, qu'il oppose aux démocrates insolents, passera certainement d'emblée, et l'affront que ces vauriens ont cru lui faire, retombera tout entier sur eux. Tant mieux, tant mieux, dit-il à part lui : rira bien qui rira le dernier.

Le préfet avait raison; ceux auxquels il était réservé de rire les derniers, devaient bien rire.

Mais en ce moment, le pauvre maire provisoire n'en a ni la facilité, ni l'envie. Le malheureux sue sang et eau; il succombe à la corvée. A peine la gloriole de son installation est-elle dissipée, qu'il lui faut écrire son rapport; et l'expédition n'en est pas plus tôt faite, qu'il lui faut pourvoir aux élections du lendemain. La lettre de nomination et l'arrêté du préfet datent du mercredi, et la réunion du collége électoral est convoquée pour le dimanche !

L'on n'a pas oublié le double juron du bon chirurgien à l'arrivée de cette missive inopportune : Saprelote ! c'est beaucoup trop preste ! avait-il dit. On verra plus tard qu'il ne se trompait pas.

Nous sommes en pleines élections. L'endroit où elles ont lieu, est la cuisine du maire provisoire ; ce qui motive de la part des méchants bien des plaisanteries, et suscite chez les maladroits plus d'une méprise. Mais, pour être véridique et impartial, on doit dire, et tout le monde en conviendra, car c'est de notoriété, que malgré l'encombrement de la circulation et le pêle-mêle des ustensiles, on distinguait parfaitement M. le président et les membres de son respectable bureau, parmi les pots et les cruchons, les napperons et les marmites. Chose mémorable même, et qu'on ne doit pas oublier, c'est qu'à travers les émanations de toute espèce, telles qu'on peut en supposer dans une réunion éminemment rustique, l'odorat électoral était fortement impressionné par une odeur de musc et de pommade qui s'exhalait de la chevelure et des habits du jeune fils de M. Nez-Lon. Cet élégant jeune homme, ne consultant que son courage et le sentiment filial, était accouru du fond du département pour embellir la galerie de son buste, peser de son poids électoral dans le plateau de la balance, et tresser à l'avance des guirlandes de fleurs et de lauriers pour le couronnement de son papa... provisoire.

Dans la composition du bureau municipal formé par le préfet, les principaux dignitaires nous sont connus ; il nous reste à peindre les deux autres.

Le premier de ces notables scrutateurs est un personnage mince et fluet, chauve et bourru, jambes en flageolet, figure bouffie, esprit idem, et que l'on nomme M. Brûlant. C'est l'auguste parrain du clocher de Champigny-le-Sec. L'autre, épais, courtaud, descend en troisième génération d'une famille anciennement distinguée et dont il n'a recueilli que les parchemins; il porte le nom de Coco Lubin. Grand accapareur d'industrie, il vise au titre d'homme universel, et s'enorgueillit d'être tout à la fois tonnelier, menuisier, horloger, mécanicien. Il a tout particulièrement une vocation très prononcée pour les machines, ce qui explique suffisamment son fanatisme pour l'aristocratie de la contrée, dont il se fait avec la plus profonde soumission le factotum et le courtier électoral.

Enfin les votes sont terminés. La liste du scrutin est close; le dépouillement commence; nous sommes au 21 juillet! Malgré une température brûlante, une chaleur tropicale, les titulaires et assesseurs du bureau paraissent tout tremblants; ils ressentent des frissons.

Le président lui-même est transi... il bourre convulsivement ses narines

pour se réconforter; d'une main tremblante il rajuste son col, et d'une voix
saccadée plus tremblante encore il proclame élus membres du conseil municipal
de Champigny-le-Sec... devinez qui... devinez quoi?... La tête s'en perd, les cheveux en dressent, les dents en claquent,
les bras en tombent..... Il proclame le
communiste, le socialiste, le gueux, le
barbare, l'incendiaire, le scélérat de maire
naguère suspendu! il proclame ses onze
complices, c'est-à-dire les onze conseillers républicains qui avaient, à son exemple, donné leur démission! il proclame
enfin les douze abominables vignerons
rouges!!!

Coco Lubin, exaspéré et tout ému, sai-
sit aussitôt d'une main convulsive les bulletins prévaricateurs, et les jetant dédaigneusement à son ami M. Brûlant,
celui-ci, d'un seul coup d'allumettes chi-
miques, les réduit en cendres. Mais ce
qui par dessus tout jette un moment la
terreur, ce qui répand l'effroi dans la mul-

titude, c'est de voir ce pauvre M. Brûlant se précipiter tête baissée les deux pieds dans la flamme, comme s'il voulait, le malheureux ! faire une bûche de son corps et s'ensevelir avec les débris des instruments de sa défaite... On croit à un suicide, et tout naturellement chacun se dispose à l'empêcher... Mais pas du tout... M. Brûlant n'est point si traître à sa personne ; et ce beau désespoir n'était tout bonnement qu'une gentillesse, une démonstration de mépris, une manifestation de son dédain pour l'œuvre de la démocratie.

Le président agite sa sonnette et réclame le silence et l'attention : puis il prévient le public qu'il a cinq jours pour protester, s'il le désire, contre les opérations électorales. Il présente ensuite le procès-verbal à la griffe de ses collègues, qui tous viennent signer avec résignation leur arrêt de mort. Pendant cette formalité, plus d'un assistant se rappelle en lui-même ce refrain d'une chanson bien connue :

> Ils ont signé, là, là, là, là,
> Ils ont signé sans rire.

Tandis que la dissolution s'empare du malheureux bureau, tandis que la déroute se met parmi ses membres qui se dispersent à qui mieux mieux :

> Honteux comme un renard qu'une poule aurait pris,
> Serrant la queue et portant bas l'oreille,

les douze mandataires du peuple, unis et marchant en corps, débouchent sur la place de la Croix-Rouge, où les attendait la population. Une triple salve de vivats, de cris spontanés, retentit jusqu'aux nues : *Vive la République! Vive le maire suspendu! Vive le conseil municipal démissionnaire!!!*

De telles acclamations sorties du cœur d'un peuple libre, valent mieux que les adulations et les flagorneries intéressées de tous les autocrates, de tous les préfets de la terre.

Cinq jours après cet événement mémorable, deux hommes très affairés se présentaient à la préfecture, et quoique ce ne fût point jour de réception, ils étaient aussitôt introduits.

C'était le maire provisoire mort-né, en compagnie du grand paroissien de Champigny, son inséparable Pylade.

Ceux qui dans leur vie ont assisté à un enterrement peuvent seuls se faire une idée de cette visite. Jamais rien de plus triste, de plus lugubre, de plus navrant. Le préfet et ses deux hôtes, paralysés, interdits, avaient des figures de cire. Pendant plus de cinq minutes, ils restèrent plantés en face les uns des autres comme des cierges de funérailles, et sans oser parler, remuer, souffler.

Enfin le préfet, sortant le premier de cette léthargie :

— Quel exécrable pays que le vôtre, messieurs! dit-il. — Ah! si Champigny était en Afrique, quelle razzia nous ferions de ces insoumis!...

— S'ils étaient seulement en Autriche ou en Russie, reprit le chirurgien, le bâ-

ton, le sac et la corde en auraient bientôt
fait justice...

— Mais ces électeurs campagnards,
ajouta le préfet, sont vraiment plus entêtés
que des Bédouins, plus turbulents que
des Kabyles.

— De vraies racines vivaces de Robes-
pierre, murmura sourdement M. Beaurenard, en se tordant les membres comme
un cheval fougueux qui ronge son frein
et cherche à briser ses rênes. Ah! vraiment, si cela continue, nous ne serons pas
longtemps en sûreté dans nos propriétés
et dans nos familles. Adieu fortune, adieu
puissance, adieu bonheur! L'émigration,
voilà de nouveau notre refuge, heureux si
nous pouvons un jour, avec l'aide de nos
bons amis les cosaques, rentrer dans nos
foyers. Oui, tous tant que nous sommes,
hâtons-nous de faire nos malles et nos pa-
quets... l'illusion n'est plus possible, nous
sommes perdus... Et chaque matin, nous
pouvons nous attendre, moi à être chassé
de mon château...

— Et moi de ma maison, ajouta le chirurgien, en aspirant tristement une prise de tabac.

— Et moi du département de la Vienne, continua plus tristement encore M. le préfet.

— Hélas! hélas! trois fois hélas! répétèrent-ils en chœur.

— Et penser que ce sont des lourdauds, des manants qui nous auront ainsi vaincus et qui se pavaneront sous nos dépouilles! exclama M. Beaurenard.

L'affront est sanglant... c'est tout à fait le coup de pied de l'âne, répliqua le préfet; mais enfin, messieurs, ajouta-t-il, c'est incompréhensible... il y a là de la magie, du sortilége. Comment! vous, des hommes de condition et de fortune, la quintessence de la noblesse, du clergé, du tiers-état, vous vous laissez imposer le joug le plus humiliant par quelques bêcheurs, par quelques râcleurs de terre! Vous n'étiez donc pas là? Mais que faisiez-vous donc?

— Saprelote! monsieur le préfet, fit le

chirurgien, sensible à cette apostrophe comme la monture au coup d'éperon qui la réveille ; saprelote ! répéta-t-il en haussant la voix, se dressant sur ses ergots et se rengorgeant dans sa cravate... on ne peut pas à la fois dire la messe et sonner les cloches... A l'impossible nul n'est tenu, entendez-vous bien. Comment puis-je, je vous en prie, vaquer en même temps à mes malades, aux soins de la mairie, au rapport administratif et aux préparations électorales?... Je l'avais bien prédit... c'était beaucoup trop preste...

— Ainsi, suivant vous, reprit le préfet en se radoucissant, notre commun échec tiendrait uniquement à une trop grande précipitation. Dans votre opinion, si on vous eût laissé plus de marge, si l'on vous eût donné vos coudées libres et franches, nous avions des chances de réussir ?

— Je l'affirme, répliqua M. Nez-Lon, avec un geste énergique. Nous avions toutes chances, les plus grandes chances... D'ailleurs, en élection comme en autre chose, je n'ai jamais rien entrepris que je n'en sois venu à mes fins, ajouta-t-il d'un ton plein de suffisance et de vanité ; M. Beaurenard ici présent peut vous en dire un mot.

— C'est vrai ! grommela d'une voix tonnante le grand paroissien de Champigny.

— Tout alors ne serait pas perdu, poursuivit le préfet. Voyons le procès-verbal.

Le préfet eut à peine effleuré des yeux la pièce électorale qu'il la déposa sur la table, en s'écriant avec emphase :

— Bravo ! messieurs, la partie est à recommencer ; tout n'est pas perdu : nous pouvons encore prendre notre revanche. Vos élections sont radicalement nulles.

— Les élections nulles ! fit avec une figure rayonnante le maire provisoire de Champigny-le-Sec.

— Oui, nulles, mille fois nulles, répliqua le préfet ; il n'y avait que dix candidats à nommer et l'on a voté pour douze.

— Mais, saprelote ! fit le chirurgien,

aussi incrédule que l'apôtre Thomas, j'ai pourtant lu dans votre arrêté cette disposition expresse et formelle : « Attendu que la commune de Champigny est *complétement* dépourvue d'administration. » Or, s'il restait encore en exercice deux conseillers municipaux, la commune n'était donc pas *complétement* dépourvue. Tirez-vous de cet argument si vous le pouvez, monsieur le préfet, mais, à mes yeux, il y a entre votre assertion et votre arrêté une contradiction réelle. Voyons, de bonne foi, les deux conseillers dont vous parlez sont-ils ou non démissionnaires ?

— Moralement et en fait oui, répondit le préfet, mais en droit, on peut ne pas les considérer comme tels.

— Soit, je l'admets, répliqua le chirurgien ; mais l'un d'eux a été réélu : le vote, de ce côté, n'a donc absolument rien changé aux choses.

— Oui, pour celui-là, d'accord ; mais l'autre...

— L'autre était si bien démissionnaire,

continua M. Nez-Lon, que lui-même me l'a affirmé ; il a fait mieux que cela, il s'est porté candidat à nouveau, et a fortement appuyé sa candidature en distribuant lui-même ou faisant distribuer des bulletins où il avait eu soin de s'inscrire en tête de la liste. De plus, il faisait partie du bureau quand j'ai ouvert la séance ; il a adhéré à tout, a signé avec nous le procès-verbal, et n'a fait avant, pendant ou après aucune réclamation. Donc, il y aurait vraiment imprudence et ridicule...

—Tout cela est fort bon, ajouta le préfet poussé à bout, mais en matière politique on s'accroche à toutes les branches plutôt que de se laisser couler ; et si l'on n'a pas la raison pour soi, on a recours à la force. Les élections de Champigny ont donné gain de cause aux républicains ; eh bien ! par cela même, elles doivent être annulées.

— Pour moi, personnellement, je ne demande pas mieux, reprit le chirurgien ; mais je crains qu'on ne nous jette la pierre, qu'on ne nous accuse d'avoir un parti pris ; car, remarquez-le bien, celui qui est le prétexte de l'annulation, n'a fait lui-même aucune protestation.

— Eh bien, je protesterai pour lui, répliqua le préfet ; j'userai de mon droit d'initiative, j'agirai d'office.

— Et s'il vous donnait un démenti, s'il venait par malheur vous contredire, et proclamer à la face du ciel qu'il avait bien donné sa démission ?

— Dans cette hypothèse, messieurs, je pense que chacun de vous va me répondre de manière à ne pas me compromettre... Celui dont je me fais le champion est-il un homme d'ordre, un franc conservateur, est-ce un des nôtres enfin ?

— On peut en toute sécurité le garantir, s'écrièrent à la fois le chirurgien et M. Beaurenard.

— Eh bien alors qu'il se taise et me laisse faire, reprit le préfet ; on proposera au conseil de préfecture l'annulation des élections de Champigny, par les motifs allégués plus haut. Et sur cette proposition justifiée très habilement, il y a cent à parier que le conseil annulera. Se posant en orateur et ayant recours au pathétique : « Allons, messieurs, ajouta M. Jeanin, il y va de notre salut, de notre honneur à tous de sortir triomphants de cette lutte. Songez au fantôme rouge qui se dresse menaçant devant vos personnes, vos propriétés et vos familles... Pour le terrasser , unissons réciproquement notre concours, n'épargnons aucun moyen , aucun sacrifice. Quant à moi, je mets mon influence et mon autorité à votre disposition, pour tout ce qui pourra déterminer le succès.

Puis, s'inclinant avec une révérence oblique vers le maire provisoire. « Je ne dois pas oublier, monsieur le docteur, ajouta-t-il, de vous féliciter sur le remarquable rapport dont vous avez doté les annales de l'administration ; une telle œuvre suffirait à elle seule pour illustrer tout un corps savant. Continuez, monsieur, et vous pourrez dire avec le prince des poëtes, que vous avez élevé un monument plus durable que l'airain : *Exegi monumentum ære perennius.* Je me suis empressé de communiquer ce remarquable travail au ministre de l'intérieur, et j'ai appelé sur vous sa haute munificence. La victoire éclatante que vous allez remporter dans vos élections sera, n'en doutez pas, un titre et un droit de plus. Du courage, de la persévérance surtout dans cette croisade contre le vandalisme et la barbarie ; la société, messieurs, vous devra son salut... Oui, devant nos communs efforts nous aurons le bonheur de voir crouler les échafaudages de la démagogie, comme autrefois les murailles de Jéricho au son des trompettes fidèles. »

Après ce discours, le préfet fit signe à ses auditeurs que la séance était levée. Le maire provisoire et son partenaire en prirent aussitôt congé.

Le premier soin du chirurgien fut d'aller trouver son fils, étudiant à la faculté, pour avoir la traduction littérale de la citation latine improvisée par le préfet, et dont il n'avait pas parfaitement saisi le sens.

—Qu'est-ce, papa? demanda l'écolier.

— Mon ami, tu sais que je ne connais pas plus le grec que le latin ; or, monsieur le préfet, en baragouinant quelques mots en us, m'a comparé à un prince, et m'a dit que je possédais un monument plus durable que l'airain: *Perennis, Perennius.* Qu'est-ce que c'est que ce père Enius?

—Mais papa, répondit l'étudiant en souriant qnelque peu, ce mot est un compliment et non un personnage. C'est une allusion flatteuse faite à votre rapport. Savez-vous que la citation du préfet est tirée d'Horace, notre premier auteur latin, ce qui l'a fait surnommer le prince des poëtes? Comment, en effet, mieux exprimer la durée, l'éternité d'un ouvrage que de le comparer au bronze, à l'airain, le plus dur des métaux !

— Ah! c'est différent, s'écria le maire provisoire en se frottant les mains. Étais-je nigaud ! J'avais compris toute autre chose ;

mais quand on ne connaît pas une langue, il est assez naturel de se tromper.

Nous avons vu le maire de Champigny, suspendu pour trois mois, donner sa démission qui fut aussitôt irrévocablement et authentiquement acceptée. On pourrait donc croire qu'il n'y a plus rien à craindre de cet ogre sanguinaire, de cet animal féroce... mais hélas! nous venons de le voir tout récemment réélu malgré vent et marée, et sur le point d'être réintégré dans ses fonctions par le conseil municipal. Ce Polyphème, ce Titan, ce sycophante effroyable n'est donc pas encore terrassé ; toutes les têtes de l'hydre ne sont pas encore coupées, et depuis que le préfet en a abattu une, il en est repoussé trente. C'est horrible à penser ! mais patience, ces têtes vont être si bien tranchées, coupées, broyées, que le diable sera bien fin si jamais elles repoussent. Le télégraphe a fait marcher ses grands bras... Messieurs, la patrie est en danger !... Vite, vite, un décret de révocation contre l'audacieux culti-

vateur de vignes rouges... L'arrêté préfec-
toral, avant-coureur de la décision minis-
térielle, a sillonné la nue comme un éclair.
La fatale sentence, appelée par dépêche
sur dépêche, éclate comme la foudre. L'é-
dile suspendu et démissionnaire est révoqué.

Révoquer un fonctionnaire qui est réel-
lement fonctionnaire, c'est de droit gou-
vernemental ; mais dépouiller un homme
d'un caractère qu'il n'a pas, le destituer
de fonctions qu'il a déposées bénévolement,
n'est-ce pas de l'extravagance et de la
folie ?

Le pauvre maire accepta le coup sans
la moindre mauvaise humeur ; je crois
même qu'il l'accueillit avec un grand éclat
de rire, car c'était un véritable coup d'épée
dans l'eau, et ceux-là ne sont pas aussi
dangereux, aussi mortels, Dieu merci,
que le coup de pistolet de Boulogne.

Mais reprenons le fil de notre drame
électoral. Les élections du 21 juillet sont
déjà de l'histoire ancienne, et pourtant

depuis deux mois qu'elles sont faites, on n'en connaît pas encore le résultat. Cette tactique serait-elle par hasard préméditée? cette longanimité n'aurait-elle point son petit but? La première fois, le chirurgien et ses amis, pris à l'improviste, n'avaient pas eu le temps de se voir, de se concerter, de braquer leurs batteries; aussi la bataille avait-elle été perdue, l'ennemi avait-il victorieusement repoussé l'assaut. Aujourd'hui, ce sera bien différent, du moins si l'on en croit les Fabius de l'administration provisoire éconduite. Ils ont mis largement à profit le précieux intervalle, et se complaisent d'avance à envisager leur inévitable succès. Dans cette ravissante expectative, nous arrivons au 26 août; et ce jour-là, deux arrêtés sortant des archives de la préfecture, annoncent aux habitants de Champigny : 1° que les élections du 21 juillet sont annulées; 2ª qu'ils auront à recommencer, comme si de rien n'était, le 15 septembre suivant..

Les conseils de préfecture se composent

en majeure partie de jurisconsultes et de savants; c'est assez dire que les actes qui en émanent ont une certaine valeur. Les inspirations de la sagesse administrative qui dictent ces actes et les caractérisent, sont toujours empreints, au plus haut degré, d'un cachet éminemment légal. Ceux que nous signalons réunissaient assurément ces conditions dans l'acception du mot la plus absolue. Il suffit pour s'en convaincre, de lire le volumineux exposé des motifs et les nombreux considérants à l'appui. Mais, il faut l'avouer, c'était jeter des perles aux pourceaux. La vile multitude de Champigny, loin d'apprécier, ne comprit rien; les sauvages vignerons ne virent là que des embûches, et loin d'accueillir ces arrêtés avec l'admiration et la gratitude qu'ils méritaient, ils s'emportèrent en jurements, en blasphèmes, en invectives, traitant cette œuvre de galimatias, et poussant même l'insolence jusqu'à la qualifier de tour d'escobarderie.

Tandis que ces monstres barbares
Poussaient d'insolentes clameurs,
Le Dieu, poursuivant sa carrière
Versait des torrents de lumière
Sur ses obscurs blasphémateurs.

Ce soleil vivifiant, cette providence bienfaitrice de la Vienne se manifeste de nouveau aux habitants de Champigny. M. Jeanin vient d'expédier, en effet, au maire provisoire son double arrêté, avec invitation de le notifier immédiatement aux douze membres annulés.

Pour abréger la tâche, le chirurgien fait inviter les membres du conseil municipal à venir prendre chez lui communication de la décision préfectorale; mais ceux-ci ayant eu la noire malice de ne pas déférer à cette invitation, il fallut, comme de plus belle, recommencer les écritures, et bécher encore pendant plusieurs jours et plusieurs nuits sur le papier.

Qu'on explore toutes les régions du gouvernement, qu'on monte à tous les degrés de la hiérarchie, des postes les plus honorifiques aux sinécures les mieux rétribuées, je défie qu'on rencontre nulle part autant de civisme et d'abnégation que chez le néopatriarche de l'administration provisoire de Champigny-le-Sec.

— Et faut-il, comme le faisait observer si judicieusement M. Jeanin, faut-il qu'on tienne tant à une croix d'honneur, à un prix, à une médaille, pour ne pas rémunérer tant de glorieux services !

Quoi qu'il en soit, le jour des nouvelles élections approche, et la phalange aguerrie de l'administration provisoire a formé ses cadres et serré ses rangs.

On a convoqué le grand conseil de guerre; et le ban et l'arrière-ban de la propagande anti-rouge accourt à ce suprême congrès. Général en chef, le maire provisoire de Champigny a dressé le plan de campagne, et pour en assurer l'exécution, il distribue lui-même les rôles. Le marquis Florent Beaurenard doit prendre à partie ses fermiers, ouvriers, moissonneurs, serviteurs et rentiers, en un mot tout ce qui dépend de lui et relève de son vasselage. Plus ardent qu'un limier, Coco-Lubin jure sur sa mailloche que les difficultés qu'il rencontrera seront aplanies au rabot, et qu'il saura serrer et mieux lier les électeurs que des cercles de barriques. Le teinturier, adjoint provisoire, essaiera des couleurs ; et le fils de M. le président, en sa qualité de dandy et d'aspirant au jockey-club, étendra, suivi de son groom, ses évolutions et ses conversions jusque dans l'enceinte de l'écurie paternelle, faisant face à la cuisine électorale provisoire, où le papa s'est chargé, lui, d'assaisonner les votes qui seraient par trop dépourvus de saveur, et de mettre en ébullition ceux qui seraient tièdes.

Le bruit courut même, mais cette rumeur a besoin de confirmation, que dans ce conciliabule fameux, plusieurs commères renommées du pays vinrent mettre leur intermédiaire électoral à la disposition des membres du gouvernement provisoire. La sage-femme, notamment, y aurait fait une motion très goûtée et très applaudie, comparant le travail des élections de Champigny à celui d'une patiente en couche, à la délivrance de laquelle chaque bon citoyen et compère devait tenir à honneur de contribuer. Comme on le pense bien, les nouveaux-nés de cet enfantement laborieux, objet de toutes les prières, de tous les vœux, de tous les désirs, devaient être les gentils petits candidats et cocandidats blancs du gouvernement provisoire.

De toutes ces versions, la plus positive, c'est qu'à cette séance solennelle, M. Brûlant proposa, lui, le carillon ; il voulait ouvrir et continuer le scrutin au son des cloches à pleine volée ; il voulait mettre tout en branle, gros bourdon et petit ginguet, espérant, disait-il, par ce tintamarre étourdissant, déconcerter les démocs-socs et mettre la terreur dans les rangs des rouges. La proposition, quoique très ingénieuse, ne put passer sans amendement... Chacun, comme M. Brûlant, en était bien pour le gros son, mais on décida cependant qu'au lieu de commencer par là, on réserverait pour le dénouement le plaisir de cette bruyante réjouissance. Après cette résolution, chacun se mit en route pour aller endosser son armure et se préparer au combat.

Peindre l'inquiétude et le malaise, la contrainte et la fatigue de cette pauvre bourgade de Champigny-le-Sec, pendant son interrègne administratif et à l'approche du grand combat électoral, ce serait tout un tableau. En raconter les mille épisodes, les mille incidents, les mille détails, ce serait tout un volume : nous nous bornerons à signaler les plus pittoresques et les plus saillants.

Pays aussi paisible qu'étranger jusqu'alors aux passions politiques, Champigny, plus désireux de considération que de célébrité, a pourtant des titres à l'une et à l'autre. Cette commune donna naissance à un avocat distingué de l'ancien parlement ; elle fut le berceau d'un prélat renommé sous l'empire ; de nos jours encore elle est la patrie d'un magistrat haut placé, et fort connu dans l'arrondissement de Poitiers par ses mésaventures électorales.

Plus modeste en ses prétentions et ses talents, le frère de cette illustration, notabilité bourgeoise de la contrée, y ambitionne un simple titre de conseiller municipal. Le moment lui semble bien choisi : tout l'ancien conseil est disloqué; il lui sera facile d'hériter de ses dépouilles. Le nom et la présence de son frère sont une puissante recommandation ; il est lui-même très bien en cour ; et le département de la Vienne se trouve administré par un préfet envoyé pour renouveler de la tête aux pieds les conseils municipaux, les instituteurs, les adjoints et les maires connus pour être rouges.

Ce préfet est à la hauteur de son mandat : tout ce qui ne se brise pas sous sa main, il le pourfend, le tranche, le coupe... C'est un vrai héros de féerie : sa baguette a tant de vertu que rien ne lui est impossible... Rien? je me trompe. Malgré son omnipotence, il ne peut faire des conseillers municipaux ; car, comme il faut du lièvre pour faire un civet, ainsi, pour faire un conseiller municipal, il faut des électeurs et des suffrages.

Mais des suffrages de pauvres vignerons doivent être une conquête bien facile ; notre candidat blanc n'en doute pas un instant : il a de l'adresse, du moelleux, de l'habileté, de la ruse... il est riche, il est influent. Quand on ne peut prendre de front une citadelle, on la tourne. Si donc notre homme s'est abstenu de paraître au grand conseil où nous avons remarqué son absence, c'est qu'il a sur ses tablettes une recette de son invention; c'est qu'il rumine un expédient dont la rubrique le fera réussir, si le malheur veut, contre toute vraisemblance, que ses amis échouent.

Cet expédient, ce secret, cette recette, c'est de chatouiller agréablement le goût des électeurs, d'appâter leur amitié, d'allécher leurs suffrages.

L'empereur Vitellius eût vendu et livré

l'empire romain pour un pâté truffé; placés entre leur appétit de vignerons et leur conscience d'électeurs, les républicains campagnards de Champigny-le-Sec seront-ils plus scrupuleux que la tête couronnée?

Notre candidat antirouge fait donc dresser des tables dans la cour de son château, et les charge de tous les apprêts d'un repas champêtre splendide. Dîner par centaines à la belle étoile, sous l'ombre des ormeaux et des tilleuls, voilà, convenez-en, une idée bien poétique et bien pastorale!

Sans énumérer ici les innombrables mets du rustique banquet, nous dirons que le confortable y était copieux, et que l'abondance y surpassait la symétrie. Mais ce qui fixait surtout l'attention des gourmets, ce qui absorbait exclusivement la sympathie gastronomique des convives, c'étaient des gâteaux d'un gigantesque contour, dorés, festonnés, pétris, beurrés et sucrés par les soins de la belle Hélène, l'incomparable pâtissière mirebalaise. Puis,

autour de ces friands morceaux se pressait
une légion imposante de vieux flacons pou-
dreux, baptisés par les joyeux buveurs du
nom de Marie-Jeanne.

Nos vignerons électeurs se sont fait un
devoir, comme on le pense bien, de répondre par la plus ponctuelle exactitude
à l'appel bienveillant du candidat; ils af-
fluent au festin de leur hôte et honorent à
belles dents sa munificence gastronomique. Le vieux rouge coule à pleins bords,
les libations se succèdent sans fin : c'est
un concert mélodieux de tostes patois,
de verres entrechoqués et de glouglous de
bouteilles. Étreinte pour étreinte, caresse
pour caresse, les comestibles disparaissent,
les flacons se vident, et des plus croustil-
lants gâteaux il ne reste miette. On se
sépare en se serrant la main, on se re-
commande la discrétion, se promettant
surtout de ne pas chanceler au rendez-
vous des élections prochaines.

Pendant ce délicieux banquet, nous
avons perdu de vue le marquis Beaure-

nard. Ne croyez pas qu'il se soit endormi ni qu'il chôme : nouveau Protée, il se multiplie à l'infini ; il emprunte tous les masques, toutes les formes, toutes les ruses ; et si la flatterie, si la persuasion n'aboutissent pas, il emploie la menace et la violence.

— Toi, Jean-Pierre, tu es mon débiteur ; si tu votes pour les républicains, je te poursuis sans merci, et je t'exproprie.

— Toi, Jean-Louis, tu es enclavé dans mes domaines ; si tu ne votes pas suivant mon bon plaisir, je t'assiége dans ta maison, je t'empêche de mettre un pied dehors.

— Toi, Jacquaut, que je fais travailler tout l'hiver, je te retire l'ouvrage et te coupe les vivres si tu te permets d'avoir une opinion à toi.

— Et vous autres, si vous ne prenez pas mes bulletins, si vous ne votez pas avec mes bulletins, ce qu'on reconnaîtra facilement, car moi-même je les ai fait imprimer, je vous dénonce comme des traî-

tres, des renégats, des apostats, des vauriens ; je vous cloue, je vous affiche au
pilori de l'opinion publique.

Le marquis Beaurenard ne s'en tient
pas là : il connaît la fable du *Lion et de
l'Ane chassant*. Il sait comment on agit sur
les esprits faibles ; il s'embusque dans
son cabinet, et fait comparaître magis-
tralement ses vassaux les plus dépendants, ses serviteurs les plus humbles
et les plus soumis. Puis, dans l'isolement
du huis-clos, par de burlesques démonstra-
tions et de grotesques pantomimes, sous
la pression de l'épouvante et de la terreur,
il arrache à ces pauvres diables le serment
de ne pas voter pour les rouges.

La veille des élections il bat la campagne,
il court les champs avec ses laboureurs, et,
ne prenant ni trève ni repos, il passe la nuit
qui les précède à faire sentinelle aux portes.

Le marquis Beaurenard, en fin de
compte, a si bien manœuvré, si bien tra-
vaillé, qu'il a conquis cent promesses de
votes pour la bonne cause. Le teinturier en

a recueilli trente; et M. Brûlant en tient sous cloches dix-neuf, au profit de ses amis à la blanche livrée. Quant au coryphée du parti, au chirurgien-président, ce digne général de la blanche milice, le voyez-vous sortir tout emplumé et tout radieux de la ruelle du lit de ses convalescents et de ses malades! Il leur a fait enfin entendre raison... la guérison en dépendait! Il s'avance triomphalement, portant, enregistrées sur son calepin, cinquante belles promesses de voter suivant ses prescriptions; aussi est-il on ne peut plus jovial, et offre-t-il de parier au premier venu, cent pistoles contre un denier, que les rouges de Champigny vont être sanglés comme des bidets, et qu'ils auront la queue mieux faite (c'est son expression) que les chevaux anglais de la meilleure race...

Et de fait, cinquante suffrages garantis au médecin, et cent quarante-neuf promis d'autre part à ses collègues, c'est un calcul facile à résumer; la statistique est claire: cela fait cent quatre-vingt-dix-neuf voix dévolues au maire provisoire et à ses bons amis : reste donc une seule et pauvre voix à leurs adversaires, car il n'y a en tout et pour tout que deux cents électeurs dans la commune.

Quelle joie ! quel ineffable bonheur !... et par anticipation quelle allégresse ! Ces pauvres rouges, enfin battus, font pitié à M. le président et à son bureau ; aussi la voix égarée dont il leur reste le problématique et précaire espoir, leur est-elle dédaigneusement abandonnée comme fiche de consolation , par l'aréopage électoral provisoire.

Silence !!! Monsieur le président vient de s'asseoir ! Il salue trois fois ses assesseurs et déclare que la séance est ouverte.

Le scrutin commencé marche rapidement, et bientôt il est terminé ; un dépouillement immédiat le suit... On fait le relevé, on compulse, on vérifie. La majorité se déclare... Pour qui? Pour qui? se demande-t-on de tous côtés... Non, ce n'est pas possible !... c'est incroyable !... c'est inexprimable !... c'est épouvantable ! La majorité des votes est encore acquise, c'est horrible à dire! au gueux, au bandit, au scélérat de maire suspendu, démissionnaire, révoqué, réélu, annulé, et à ses infâmes adhérents, à ses abominables acolytes les onze vignerons rouges!...

Peindre la consternation et l'abattement dans lesquels cette nomination jeta le docte tribunal, serait au-dessus de nos forces. La foudre tombée au milieu du groupe délibérant n'eût pas produit plus de désastres. L'adjoint provisoire, passant du blanc au vert, était livide comme un linceul et décoloré comme un cadavre. M. Brûlant, aussi pâle, aussi défait que son voisin, comme lui les traits contractés, faisait une effroyable moue. Coco Lubin, les lèvres allongées, les yeux hagards, les naseaux dilatés, la bouche béante, arquait son dos, comme pour amortir cet insupportable coup. Quant à l'honorable président, esquinté, suffoqué par un accès de toux provenant de la chute d'une prise de tabac flairée dans les convulsions du désespoir, il rugissait comme un lion, bondissait comme une panthère. Puis de l'exaltation tombant dans le marasme, il voulut parler; mais hélas! sa voix, qui à l'ouverture du scrutin était vibrante et assurée, s'éteignit en un grognement plaintif. Ce ne fut que dix minutes après qu'il put à grand'peine articuler, d'un accent caverneux et sépulcral, le résultat définitif des votes.

A cette fatale, à cette cruelle proclamation, tout le bureau paralysé, glacé de stupeur, tomba dans l'immobilité de l'agonie. Quelques membres commençaient même à concevoir des inquiétudes, et s'apprêtaient à chercher des secours... lorsqu'on entendit au dehors un épouvantable tumulte, un brouhaha assourdissant de huées, de bravos, de trépignements, de glapissements, de sifflets, de cris et d'éclats de rire... La cause de tout ce remue-ménage, c'était un homme rouge de sueur, qui fendait en courant les rangs de la foule, bousculant tout sur son passage et portant sur sa tête un énorme coffre en bois blanc, qu'il vint déposer aux pieds du bureau municipal.

Saisi, réveillé en sursaut par cette apparition soudaine, le président encore abasourdi et comme sortant de la tombe, se lève et dit avec une anxiété visible : Que réclamez-vous, monsieur?

— Le gouvernement provisoire de Champigny! répond effrontément l'homme à la boîte; — je viens d'apprendre qu'il était mort et allait être enterré : j'apporte un cercueil pour l'y mettre...

— Quel est cet impertinent? s'écria le président dont les sens s'étaient un peu rassis... Quel est ce malotru, cette canaille?... Puis reconnaissant son interlocuteur!.. Ah! ah! monsieur, c'est vous... Vous venez m'insulter dans l'exercice de mes fonctions... Vous insultez le bureau; je le prends à témoin du délit, et vous déclare procès-verbal.

—Faites, faites, répliqua l'homme sans se déconcerter; mais ne manquez pas de mentionner que ce cercueil m'a été laissé sur les bras parce je n'ai pas voté pour vous autres...

— Insolent! fit le maire provisoire, humilié de cette révélation, et rougissant involontairement de honte...

— Insolent vous - même ! continua l'homme au cercueil... Ah ! vous prenez les paysans pour des imbéciles... Ils sont plus fins que vous... ils connaissent leurs droits et les soutiendront. Ils vous ont joué le tour, ils ont bien fait... S'imposer à une population, violer ses droits les plus sacrés, la froisser dans toutes ses affections, dans tous ses intérêts, et cela pour satisfaire son égoïsme, son ambition personnelle, sa mesquine vanité!.. Mais vous êtes bien punis; jamais, sachez-le bien, vous ne condamnerez des hommes libres à courber le front sous le joug de votre tyrannie. Non, jamais, jamais; et il partit en criant : Vive la République!!!

— Vive la République! répétèrent tous les assistants avec frénésie... et la retraite de l'homme au cercueil fut suivie d'un hourrah d'applaudissements, d'une immense explosion de rires...

— Et vous aussi, malotrus! continua le président de plus en plus animé, en s'adressant à toute l'assemblée électorale; ah! je le vois, c'est un guet-apens prémédité; vous êtes complices de l'injure qui vient d'être faite au bureau provisoire; je vous déclare à tous procès-verbal.

— Excusez du peu! s'écria une voix dans la foule. Mettre toute la commune en accusation, après avoir voulu la mettre en interdit; c'est logique... Proclamez donc la loi martiale et mettez-nous en état de siége... Pauvres gens! ils ont cassé les gardes-champêtres, détourné les routes de leur tracé primitif, privé Champigny de sa maison d'école, parce que leurs ruses, leurs flatteries, leurs violences n'ont pu aboutir; parce qu'enfin on n'a pas voté pour eux. Et maintenant ils voudraient enfermer les habitants dans un cabanon. Voilà bien les réacs! Mais débarrassons-les de notre présence, nous les offusquons, ajouta l'élec-

teur; et, quoi qu'il arrive, citoyens, saluons-
les encore du cri de Vive la République !

A ce signal, la population fit volte-face
en jetant au ciel, comme un écho sonore,
le vivat de l'homme au cercueil.

Resté seul en face de la sinistre boîte,
le bureau se consulta sur la conduite
qu'il avait à tenir dans des circonstances
aussi difficiles. Chacun opina fermement
pour une forte et vigoureuse répression.
Mais avant de commencer aucune hostilité,
il était urgent de réunir en un faisceau
toutes les preuves du complot, toutes les
pièces de conviction qui pourraient servir
de base au réquisitoire. En première ligne
c'était le cercueil : on l'examine avec soin,
on l'ouvre, on le fouille dans tous les coins
pour s'assurer qu'il ne contenait pas quelque
piége caché, quelque machine infernale.
Qu'y trouve-t-on ?... Des poignards, sans
doute, des mèches à explosion ou quelque
autre combinaison mortelle? Mon Dieu non!
on y découvre tout simplement un large écri-
teau carré portant cette inscription origi-
nale :

CI-GIT

« L'administration provisoire de Cham-
» pigny-le-Sec, canton de Mirebeau, arron-
» dissement de Poitiers. Instituée extraor-
» dinairement par l'autorité de la préfec-
» ture de la Vienne, le 17 juillet 1850,
» elle a été renversée par les élections
» municipales du 21 du même mois. Main-
» tenue par un arrêté de préfecture du
» 26 août suivant, elle fut culbutée et
» balayée pour toujours par les élections
» du 15 septembre.

» *De profundis.*

» Passant, qui visites ce tombeau, chante
» en prière et récite en oraison ces quel-
» ques couplets écrits à sa mémoire. Si
» d'autres se réunissent à toi, prenez-vous
» fraternellement les mains et dansez un
» rigodon ! »

Danse-Ronde.

AIR : C'est un lanla,
Landerirette,
C'est un lanla,
Landerira.

A Champigny, gros village,
Mirebalais en Poitou,

On ne comptait rien qu'un sage ;
Le dépit l'a rendu fou.
   Ce dépit-là,
   Landerirette,
   On en rira,
   Landerira,
   Ce dépit-là,
   Landerirette,
Longtemps, longtemps, on en rira !

Connaissez-vous monsieur Pierre,
Notre docteur villageois ?
Le préfet a fait un maire
De cet innocent bourgeois.
   Ce maire-là,
   Landerirette, etc., etc.

L'honneur, quoique provisoire,
N'en est pas moins précieux ;
Quand on est né pour la gloire,
On aime être près des dieux.
   De ce dieu-là,
   Landerirette,
   Oh ! l'on rira.

Mais la chose est singulière ;
Ce magistrat sans pareil,
N'a, dans sa commune entière,
Pas pu trouver un conseil.
   Petit pacha,
   Landerirette,   *Bis.*
   Seul il est là,
   Landerira.

De telle mésaventure,
Pour apaiser les clameurs,

A deux fois la préfecture
Convoqué ses électeurs.
    Ces deux fois-là,
      Landerirette, etc., etc.

Le remède est encore pire
Que le mal qu'on veut guérir :
Pierre, au scrutin, pousse,... tire ;...
Son nom n'en peut pas sortir,...
    Ce scrutin-là,
      Landerirette, etc., etc.

De désespoir, de colère,
Il jette alors un sanglot ;
Hélas !... on m'appelle Pierre,
Et je ne suis qu'un... Pierrot !
    Ce Pierrot-là,
      Landerirette, etc., etc.

Près du triste dignitaire,
Ainsi que lui détrônés,
Son adjoint, son secrétaire,
Tous ont une aune de nez !!!
    De ces nez-là,
      Landerirette, etc., etc.

Ainsi finit la puissance
Du vieux favori de cour.
Imposé par la violence,
Il a régné juste... un jour !
    De ce jour-là,
      Landerirette, etc., etc.

Cela nous fait bien connaître
Que le peuple est souverain.

Son suffrage est notre maître,
Et tout le reste n'est rien.
   Rien qu'un lanla,
   Landerirette,
   Dont on rira,
   Landerira.
      Bis.

Chantons à notre patrie,
A sa gloire, à son bonheur ;
Amour à notre mairie,
Respect au droit d'électeur !
   Avec cela,
   Landerirette,
   Tout marchera,
   Landerira,
   Avec cela,
   Landerirette,
   Chacun rira,
   Landerira.

Cette chanson portait pour signature d'auteur : FRANÇOIS JACQUES,
Vigneron rouge.

Pour l'intelligence de cet incident du cercueil, il faut initier le lecteur à l'anecdote qui y donna lieu.

Peu de temps avant les dernières élections, un pauvre campagnard était venu faire à la municipalité provisoire de Champigny la déclaration du décès de sa grand-mère. L'officier municipal, après avoir préalablement sondé ses inclinations électorales, lui demanda avec instance : Est-ce Coco Lubin qui fait le cercueil?

— Non, répondit le déclarant, c'est son confrère.

— Tant pis pour vous! reprit le chirurgien. Comment, vous vous servez de cet homme, un communiste, un partageux, un damné de rouge! Si vous aviez voulu confier ce travail à mon ouvrier, la commune, par mon intervention, aurait fait les frais de sépulture... Je vous aurais porté comme indigent; c'eût été deux pièces de cent sous épargnées, et mises en bourse... Mais, tenez, il y aurait encore moyen de s'arranger... ce serait de courir de suite chez votre menuisier lui raconter quelque fable; vous lui laisserez son cercueil sur les bras, et j'en commanderai un autre.

Le paysan, peu accoutumé à de telles prévenances, ne se le fit pas répéter une seconde fois; deux pièces de cent sous gagnées d'un seul coup de filet, pour un malheureux vigneron, c'était la mâne descendue du ciel; il accourut donc, tout essoufflé, chez son menuisier qui terminait la funèbre boîte.

— Arrêtez, dit-il, je viens vous donner contre-ordre, je ne prends pas le cercueil.

— Tiens, fit avec étonnement le menuisier, la vieille est donc ressuscitée?

— Non point, murmura avec embarras le paysan, mais je trouve le prix trop élevé.

— Farceur! poursuivit l'ouvrier, tu sais bien que je ne suis pas un juif; et il se remit à raboter les planches.

— Tenez, reprit confidentiellement le paysan acculé au pied du mur, il est inutile de mentir; c'est M. le maire provisoire qui a la générosité de payer le cercueil... mais à une condition expresse.

— Que tu voteras pour lui après-demain, n'est-ce pas? demanda l'ouvrier d'un ton goguenard.

— Pas précisément, dit le vigneron; c'est peut-être sous-entendu, mais il exige que ce soit un des siens, vous entendez, qui fournisse le cercueil.

— Parbleu, un des siens, ça revient au même, dit le menuisier; c'est jus vert et vert jus. Eh bien! mon brave, prends toujours les deux pièces de cent sous. Si ce cercueil n'est pas pour toi, il sera pour un autre; point de dispute, point de querelle; tiens, le voilà en réserve! Et il le jeta dans un coin de son atelier. Nous n'en serons pas moins bons amis, j'espère, continua l'ouvrier; mais seulement je te supplie de me rendre un service : c'est d'offrir mes remercîments à M. Nez-Lon; dis-lui qu'il n'a pas obligé un ingrat, qu'il sera tôt ou tard payé de retour, et que j'aurai ma revanche.

Comme on l'a vu, le menuisier avait tenu parole; quant à l'électeur aux deux pièces de cent sous, il les mit dans sa poche, et l'ingrat n'en vota pas moins pour les rouges.

Il y a dans la vie des mécomptes amers et de terribles déceptions!

Avant de descendre de son piédestal, j'allais dire de son calvaire, l'administration provisoire de Champigny se constitua en comité secret, afin d'aviser au moyen de se venger de tant de déboires et d'avanies. Pauvre administration! elle avait vécu l'espace d'un matin, et son court passage avait été marqué par bien des tribulations et des peines; son existence éphémère n'avait été pour tous ses membres qu'un vrai martyre. Vengeance... vengeance! s'écriait en brandissant le funeste procès-verbal, le maire provisoire de Champigny. Souffrirez-vous, messieurs, ajoutait-il, que nous restions dans le bourbier! Champigny est une Sodome, une Gomorrhe! Il faut à tout prix châtier ce bourg rebelle! Protestons encore une fois, faisons annuler l'élection; nous avons pour nous préfet, gendarmes, ministres. Vengeons-nous... vengeons-nous!

Malheureusement la fougue vindicative et belliqueuse des collègues de M. Nez-Lon était complétement refroidie, désarmée.

La chanson trouvée au fond du cercueil, et dont chacun avait pris lecture, avait opéré ce miracle.

Nul ne se souciait de réveiller la verve des vignerons rouges. Tous déclarèrent donc ouvertement qu'ils abdiquaient, et ne voulurent participer en rien aux poursuites et aux mesures proposées. On s'était rendu assez odieux, on s'était attiré assez de haine, de sarcasmes et de ridicule; prolonger la lutte était insensé. Le seul parti raisonnable, c'était la résignation, la retraite et le silence ; car mieux valait dévorer un affront encouru que de s'exposer à mille autres. Les uns étaient garçons, les autres avaient des filles à marier ; et tous sentaient ce qu'il y avait à craindre du retentissement d'un procès, où d'accusateurs ils pouvaient devenir accusés, où du rôle de héros ils pouvaient descendre au rôle de dupes. La leçon, sans doute, était dure et sévère, mais il fallait bien, bon gré mal gré, la subir, et profiter à l'avenir de cette expérience tardive.

Dans cette perplexité, ne sachant plus de quel bois faire flèche, le pauvre chirurgien de Champigny recourut aux passions extrêmes. Il se mit à dérouler sous les yeux du conseil tout ce qu'il y avait de lâche à ne pas tenter la fortune une dernière fois, tout ce qu'il y avait de pusillanime, avec les éléments qu'ils avaient entre leurs mains, à ne pas tirer une vengeance exemplaire; il leur montra ses espérances anéanties, les fruits de son rapport perdus, la croix d'honneur ou la médaille, qui devait en être la récompense, sacrifiée; mais hélas! rien ne put faire changer ses collègues, rien ne put les ébranler ni les émouvoir.

Alors, comme la lampe qui, en s'éteignant, projette une dernière et vive clarté, comme le cygne dont le chant emprunte à la mort sa plus suave et sa plus touchante mélodie, l'âme profondément ulcérée du pauvre chirurgien passa tout entière dans ses adieux. Sa dernière parole fut une parole de réprobation, de haine et de vengeance ; il jura par Esculape que, verrait-il sa commune condamnée à périr, envahie par la peste ou la famine, la verrait-il livrée à toutes les atteintes, à toutes les horreurs de la fièvre jaune ou de la fièvre rouge, il ne lui tendrait pas seulement un verre d'eau sucrée pour l'arracher au trépas.

M. Brûlant n'avait fait qu'un saut pour contremander le sonneur de cloches. De son côté, le secrétaire, courant se munir de sa carnassière et de son fusil, trouva décidément la chasse aux lapins beaucoup plus amusante que celle aux électeurs ; le teinturier, las d'un métier peu lucratif, s'est remis sagement à son indigo et à sa chaudière, bien résolu de combattre désormais de tous ses efforts l'éventualité d'une restauration blanche. Quant à Coco Lubin, dégoûté, lui aussi, de la propagande royaliste, il a fait serment, sur les mânes de ses ancêtres, qu'on ne l'y prendrait plus.

Ce que regrette le frère du haut magistrat, ce n'est pas précisément le titre de conseiller municipal, dont il se fût pourtant fort bien accommodé, mais dont il se passe comme le renard se passa de raisins, c'est surtout d'avoir fait rire et danser à ses dépens, c'est d'avoir fait manger inutilement ses gâteaux et vider ses bouteilles.

Quant au préfet, le vin de Champigny-le-Sec lui cause des nausées, lui donne des coliques; son estomac ne peut le digérer, et sur les recommandations du bon chirurgien, son protégé, il a expressément défendu à son maître-d'hôtel d'en jamais servir sur sa table.

Et le marquis Beaurenard, comment s'est-il consolé de la mystification? Comment a-t-il pris sa déconvenue? Le marquis, aussi bon chrétien que feu M. de La Palisse, confesse, en vertueux apôtre, qu'il faut bien souffrir ce qu'on ne peut empêcher. Dans la première boutade de sa mauvaise humeur, il voulait à tout prix nettoyer, purger son logis, renvoyer la canaille à son service; mais, grand Dieu! qui donc, en l'absence de ces artisans, de ces manœuvres, de ces ouvriers, qui donc aurait labouré ses champs, cultivé ses vignes? qui donc aurait attelé les bœufs à la charrue, les chevaux de luxe à la voiture? qui donc aurait fait l'ordinaire du château, pansé le nombreux bétail, soigné la volaille, gardé les porcs, mené paître les vaches et les moutons? Évidemment ce ne pouvait être ni le marquis, ni la marquise, ni les ascendants ou descendants de la noble lignée. De pareils soins sont trop infimes, trop abjects, trop dégradants, et la canaille seule doit en être chargée.

En congédiant les travailleurs, le marquis et les siens eussent donc été les premières victimes de leur propre colère; car, dans ce bas-monde, tout étrange que cela paraisse au premier abord, ce sont les petites gens qui font vivre les grands personnages, ce sont les pauvres misérables qui appâtent les grands seigneurs. La paresse est noble, tandis que le travail est roturier; aussi, ne vous en déplaise, messieurs de l'aristocratie, sans le prolétaire, le dénuement et la faim habiteraient vos palais...

Le marquis mieux avisé devait-il se contenter seulement de renouveler son personnel? Mais, mon Dieu, que gagner à cela?... Des essais fréquemment réitérés, lui avaient appris qu'à ces jeux du hasard, on troque souvent son cheval borgne pour un aveugle. Ne valait-il pas mieux rester à moitié bien dans les anciennes habitudes, dans les relations établies, que risquer d'être on ne peut plus mal dans l'inconnu?.. Ce parti était dicté par la prudence, la raison, la sagesse. Le marquis l'adopta. Il fit acte de bon sens.

Aujourd'hui, patrons et ouvriers, maîtres et serviteurs, tout le monde vit à Champigny dans le plus parfait accord et la meilleure intelligence. Mais chacun s'est éclairé, chacun s'est instruit et partage cette conviction profonde, que si la fortune a ses prérogatives, la pauvreté, elle aussi, a ses droits.

Le malheureux vend ses peines et ses

sueurs, mais il ne vend ni sa liberté ni sa conscience.

En définitive, qu'ont perdu les électeurs de Champigny , que peuvent perdre jamais les hommes même les plus dépendants, à conserver intacts contre les exigences de la réaction , leur libre arbitre de citoyens et leur intégrité électorale? Ils échaufferont peut-être la bile de quelques faquins, de quelques parvenus satisfaits; ils feront grincer les dents ou froncer le sourcil de quelques perruques surannées, mais en revanche, ils sont assurés de trouver la sympathie unanime de tout ce qui porte un cœur d'homme, un cœur droit, un cœur français.

Peuple de la campagne, laboureurs, paysans, vignerons, gens de peine et de labeur, ouvriers de nos bourgades, songez que sous l'empire du suffrage universel votre droit d'électeur est plus que votre pain : c'est votre religion, votre dignité, votre sécurité, votre indépendance. A ceux qui voudraient fausser et corrompre cet imprescriptible droit par des insinuations perfides, à ceux qui essaieraient de vous le ravir par la menace et la violence, répondez, répondez comme les vignerons de Champigny. Votre liberté en matière d'élection est votre culte et votre propriété : toute atteinte à l'un est une profanation, toute atteinte à l'autre est un vol.

Vous avez l'idée par l'intelligence, accomplissez l'œuvre par le courage et la volonté.

Repoussez sans merci ceux qui, sous un prétexte quelconque, vous abusent pour vous abrutir, vous trompent pour vous tyranniser.

Attachez-vous à ceux qui vous éclairent, vous protégent, et qui vous aiment sans arrière-pensée, sans hypocrisie, sans détours.

Vos plus redoutables ennemis sont les flatteurs et les traîtres. Défiez-vous des traîtres et des flatteurs !

Il faut, pour exprimer vos vœux, des gens qui les connaissent; pour satisfaire vos besoins, des gens qui les éprouvent ; des hommes qui vivent de votre vie, qui partagent vos veilles, vos travaux, vos privations, votre détresse : voilà, citadins ou campagnards, voilà vos véritables frères, voilà vos véritables amis, vos véritables défenseurs. Voilà les seuls hommes que désormais il faut choisir pour vous représenter, parce qu'eux seuls peuvent assurer le règne du progrès, le triomphe de la liberté et la prospérité de la France.

FIN.

www.ingramcontent.com/pod-product-compliance
Ingram Content Group UK Ltd.
Pitfield, Milton Keynes, MK11 3LW, UK
UKHW020915120726
13693UKWH00003B/1029